Les s

Chantal de Marolles est née à Lyon en 1939. Après des études de russe aux Langues orientales, elle choisit d'écrire des contes pour enfants, qui ont été publiés chez Grasset Jeunesse, Fleurus, Bayard Éditions et dans les magazines de Bayard Presse. Mariée et mère de quatre enfants, elle vit actuellement dans la banlieue parisienne et consacre ses loisirs à la peinture.

Du même auteur dans Bayard Poche :
L'étrange cadeau de la sorcière - Le petit cireur de souliers - Carabique, Carabosse et Carapate - Les trois fils du fermier (Les belles histoires)
La princesse s'est encore sauvée - L'ourse grise (J'aime lire)

Ulises Wensell est né à Madrid en 1945. Il apprend les secrets de la peinture en regardant travailler son père. Connu aujourd'hui dans le monde entier pour ses illustrations de livres pour enfants, il obtient, entre autres, le Prix national de l'Illustration en Espagne, le prix Critiques en herbe à Bologne. Ses ouvrages sont publiés en France chez Casterman, Gautier-Languereau, Bayard Éditions ; Ulises Wensell collabore régulièrement aux revues pour les jeunes de Bayard Presse.

Du même illustrateur dans Bayard Poche :
Poulou et Sébastien - Mélanie Pilou - Le grand courage - Éloïse et les loups - Histoire du petit monsieur tout seul - À la santé du roi - La dispute de Poulou et Sébastien -
Le petit empereur de Chine (Les belles histoires)
Émile bille de clown (J'aime lire)

© Bayard Éditions, 1994
Bayard Éditions est une marque
du département Livre de Bayard Presse
Tous les droits réservés. Reproduction, même partielle, interdite.
ISBN 2.227.72173.1

Les souliers de Chloé

**Une histoire écrite par Chantal de Marolles
illustrée par Ulises Wensell**

Quatrième édition

BAYARD ÉDITIONS

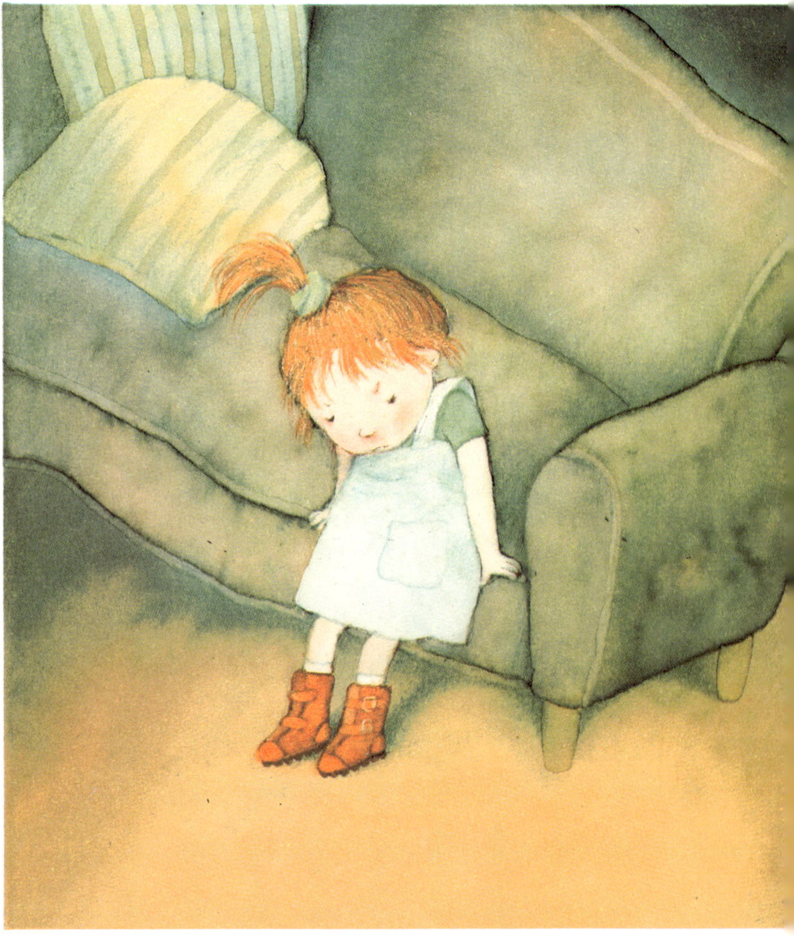

Ah ! Si Chloé avait des souliers
solides et légers,
des souliers pour courir
et sauter à cloche-pied*,
comme elle serait contente !
Mais non !
Son père n'aime que les bottes
et il veut toujours
qu'elle en ait aux pieds.

* Ce mot est expliqué page 44, n° 1.

Dès le matin, il examine Chloé.
Il dit :
– Voyons, es-tu bien chaussée ?
As-tu mis tes bottes,
tes bottes ferrées*, archi-ferrées ?
Au moins, avec ces bottes-là,
tu n'as pas l'air d'une mauviette* !
Allons, marchons !

* Ces mots sont expliqués page 44, n° 2 et page 45, n° 3.

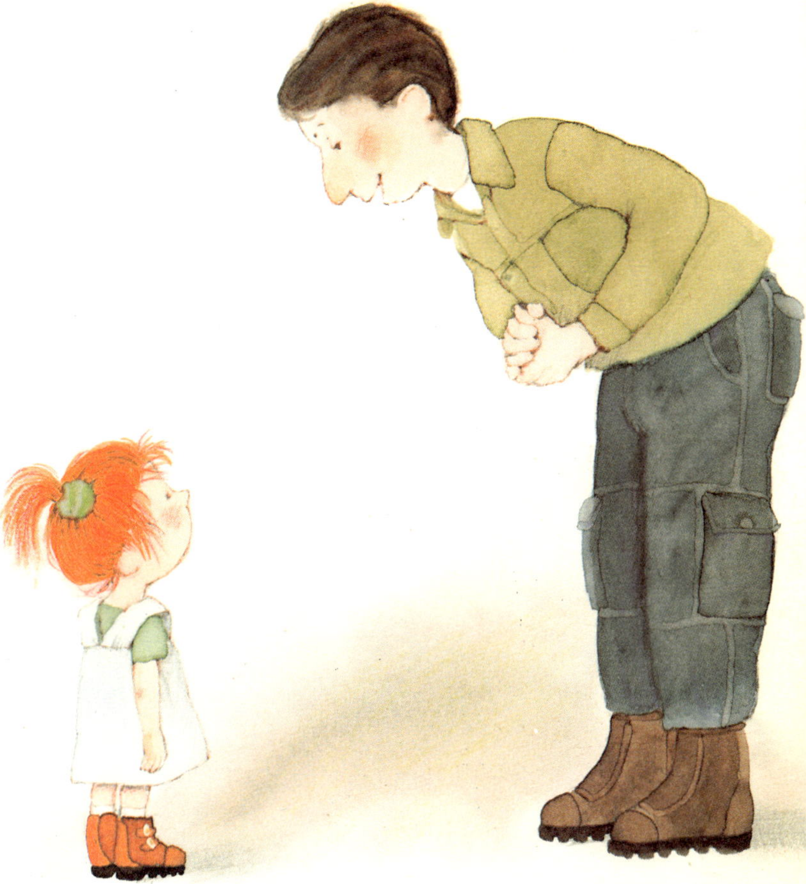

Et il emmène Chloé
respirer dans la forêt.
Les bottes de Chloé écrasent les fougères,
elles font éclater les châtaignes,
elles transforment
les mûres en confiture.

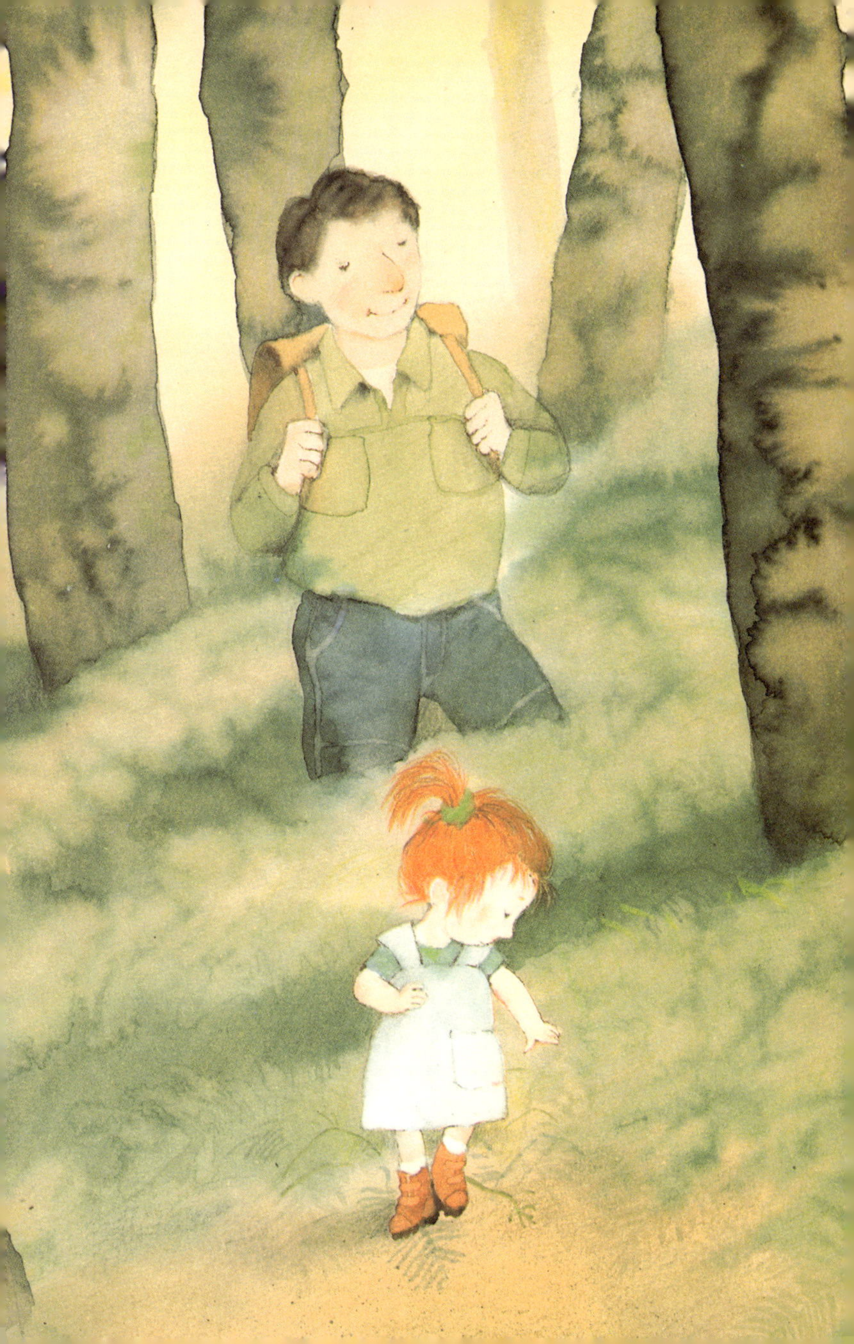

Chloé ramasse quatre glands
que les écureuils lui ont lancés
et elle pense tristement :
« Je suis sûrement une mauviette,
parce que je déteste ces bottes de guerre.
Moi, je voudrais des souliers
pour courir et sauter à cloche-pied ! »

Quand Chloé revient de la forêt,
sa mère lève les bras au ciel.
Elle s'écrie :
– Toujours ces horribles bottes !
Que tu dois être mal avec ça !
Enlève-les vite
et mets tes pantoufles,
tes pantoufles fourrées*,
archi-fourrées.
Au moins, avec ces pantoufles-là,
tu as l'air d'une petite fille
sage comme une image.
Allons, assieds-toi,
mange tes tartines
et bois ton chocolat.

* Ce mot est expliqué page 45, n° 4.

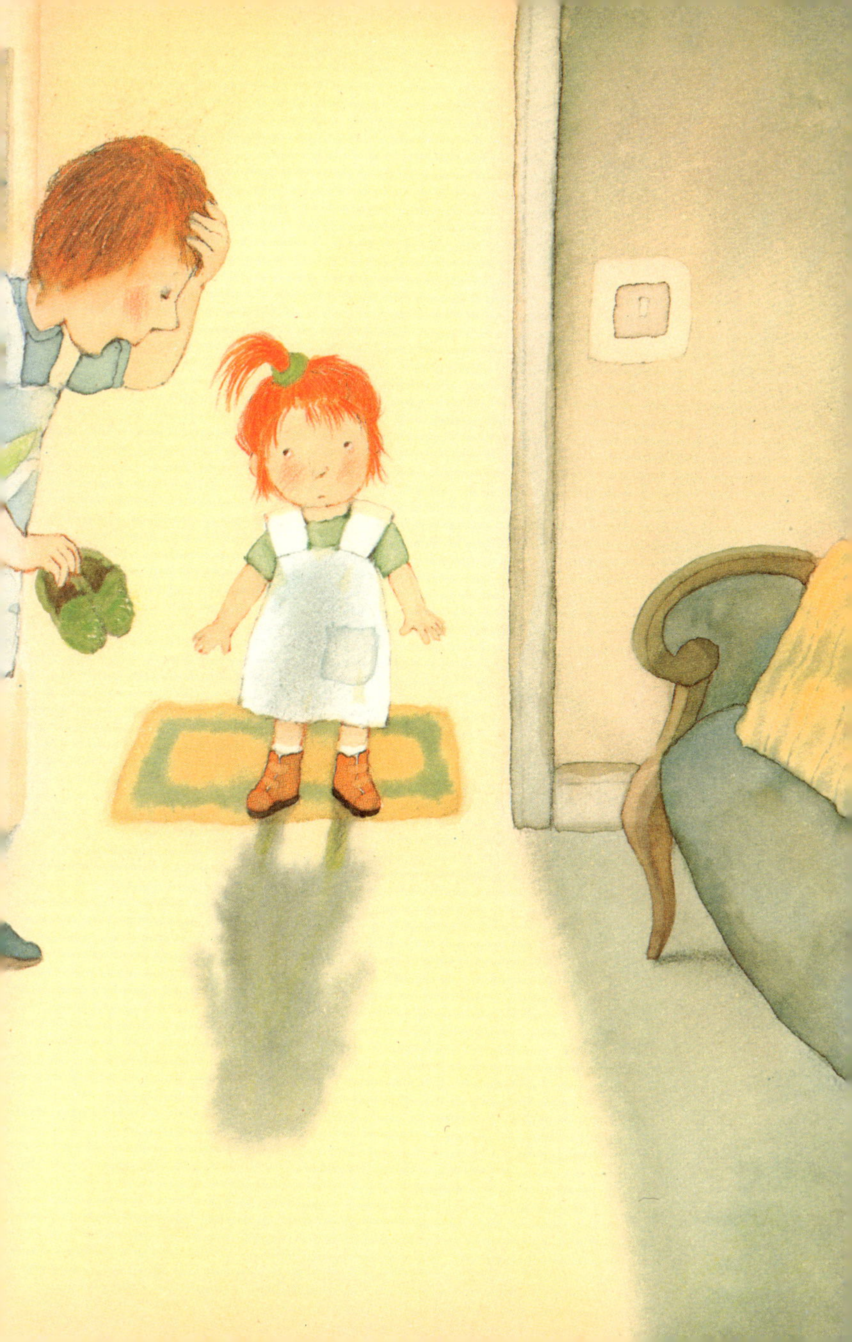

Les pantoufles sont si confortables
que les pieds de Chloé
se gonflent de chaleur
et qu'ils ne peuvent plus bouger.
Chloé joue avec la souris blanche
qui vient grignoter son pain
et elle lui vole deux poils de moustache.
Elle pense tristement :
« Je ne suis pas une petite fille sage
comme maman le croit,
parce que je déteste
ces pantoufles de maladie.
Moi, je voudrais des souliers
pour courir et sauter à cloche-pied ! »

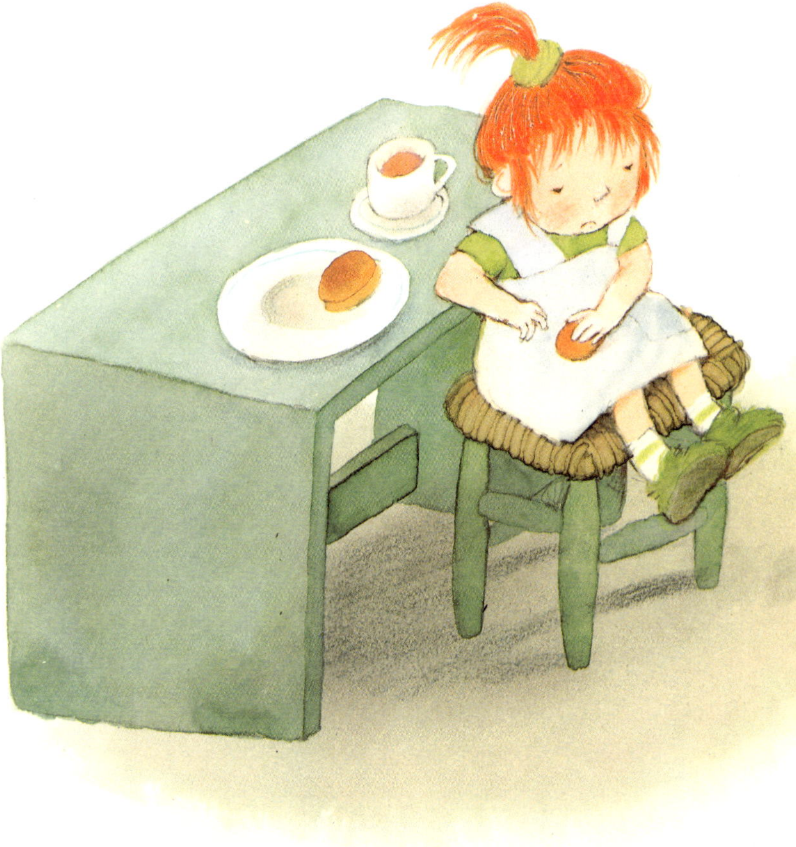

Ce jour-là, c'est mercredi.
Chloé va déjeuner
chez ses grands-parents.
Mais elle est à peine arrivée
que Grand-mère s'écrie :
– Oh ! là ! là ! mon trésor chéri,
pas de bottes ici !
Enlève-les vite et prends ces patins,
ces patins molletonnés*,
archi-molletonnés.
À la bonne heure ! Avec ces patins-là,
on voit bien quelle fille soigneuse tu es !

* Ce mot est expliqué page 45, n° 5.

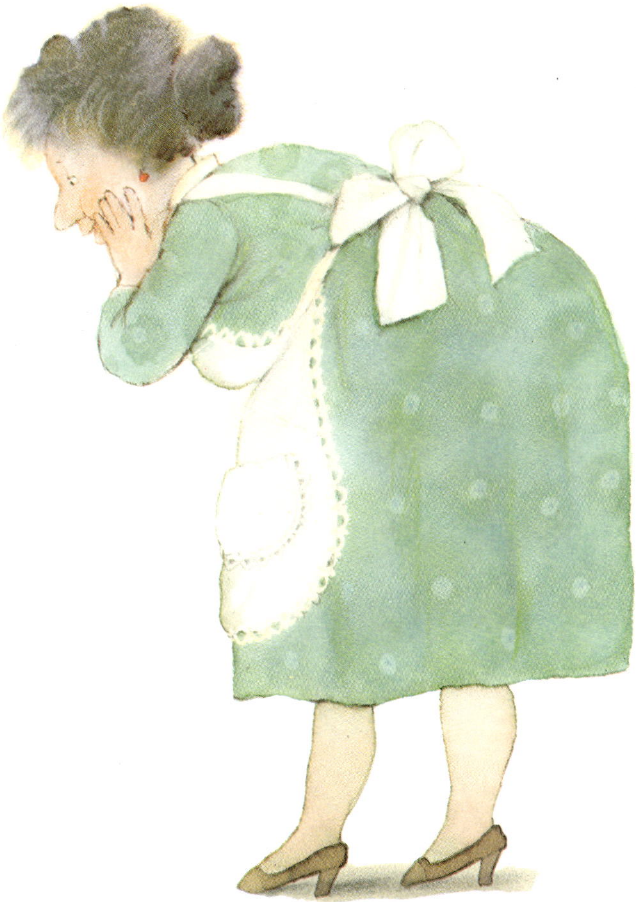

Les patins de Chloé
patinent de long en large,
en travers et à reculons,
sur les parquets cirés
qui se mettent à briller encore plus.

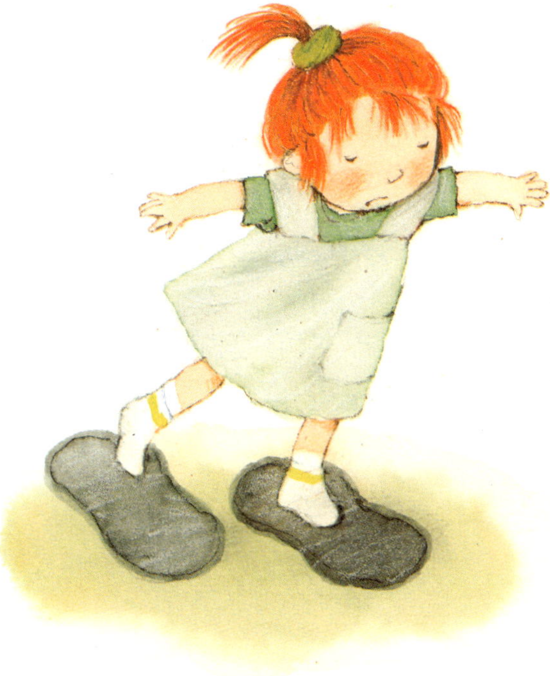

Le chat de Grand-mère se frotte
contre les jambes de Chloé.
Chloé le caresse
et elle récolte dans sa main
une poignée de poils doux.
Elle pense tristement :
« Je ne suis pas une fille soigneuse
comme Grand-mère le veut,
parce que je déteste
ces patins de ménage.
Moi, je voudrais des souliers
pour courir et sauter à cloche-pied ! »

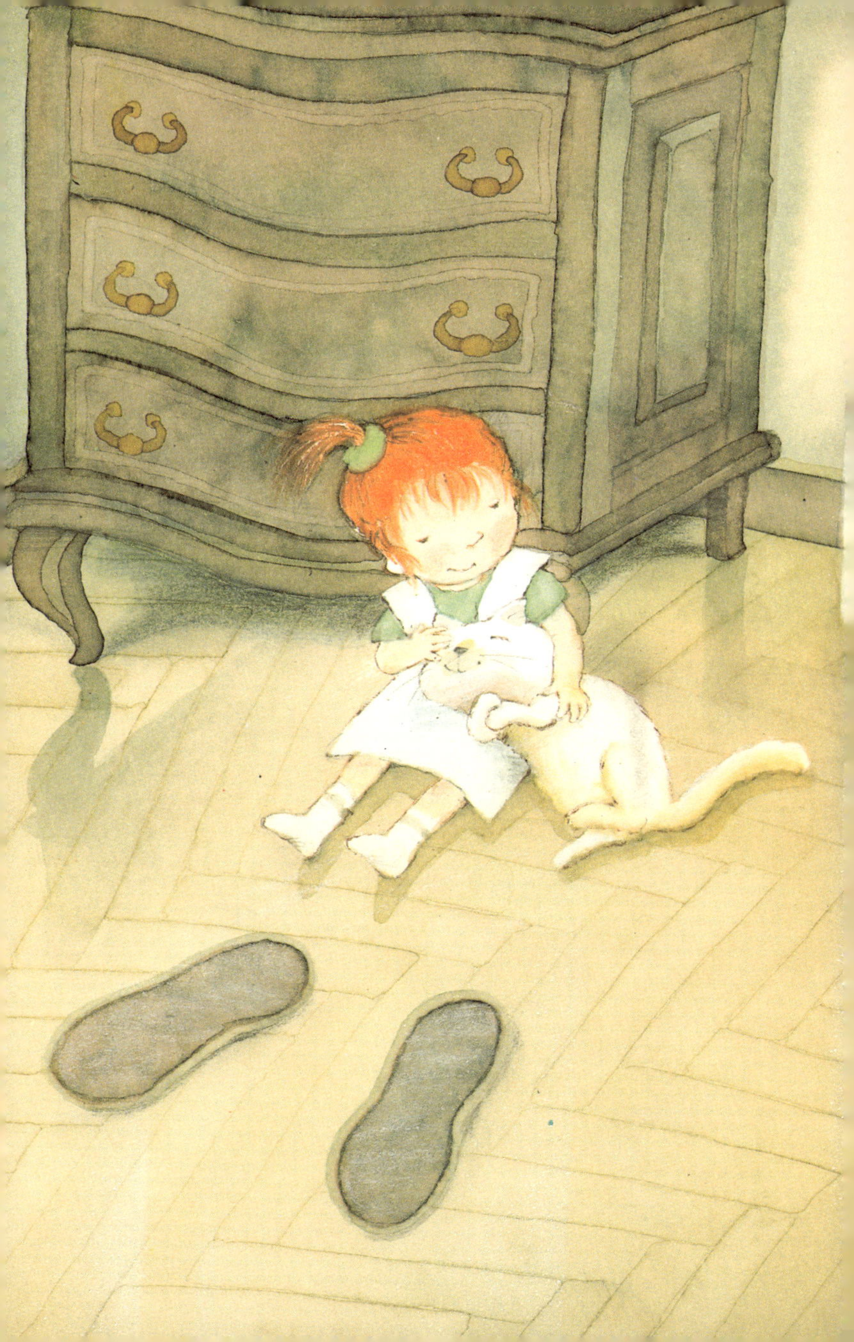

Le grand-père de Chloé
l'emmène à l'étable.
Il lui dit :
– Tiens, ma petite fille,
mets donc ces sabots,
ces sabots paillés, archi-paillés.
Au moins, avec ces sabots-là,
tu as l'air
d'une vraie paysanne travailleuse !

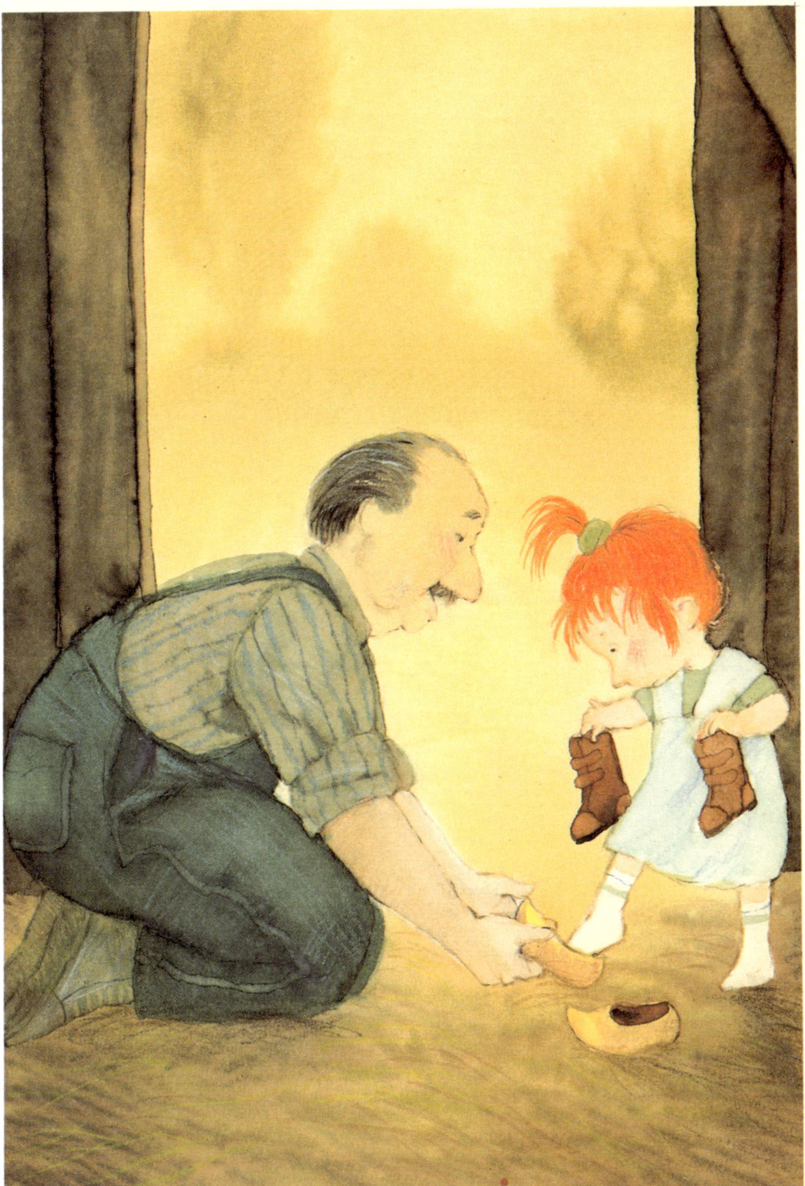

Chloé aide son grand-père
à donner de la paille aux vaches
et, pour la remercier,
son grand-père lui fait cadeau
d'une corne de vache.
Ça fait un bruit de trompe
quand on souffle dedans.

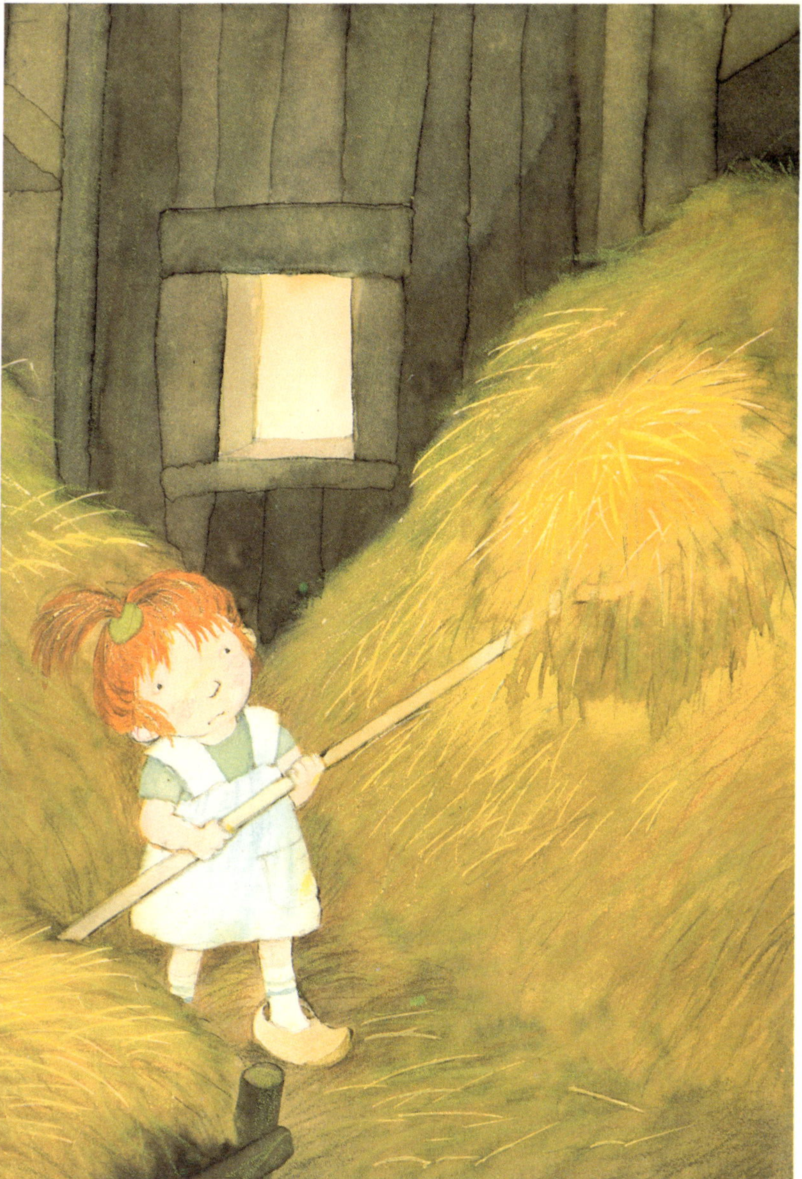

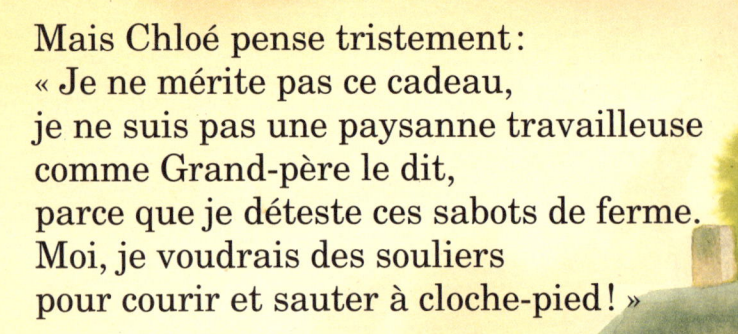

Mais Chloé pense tristement :
« Je ne mérite pas ce cadeau,
je ne suis pas une paysanne travailleuse
comme Grand-père le dit,
parce que je déteste ces sabots de ferme.
Moi, je voudrais des souliers
pour courir et sauter à cloche-pied ! »

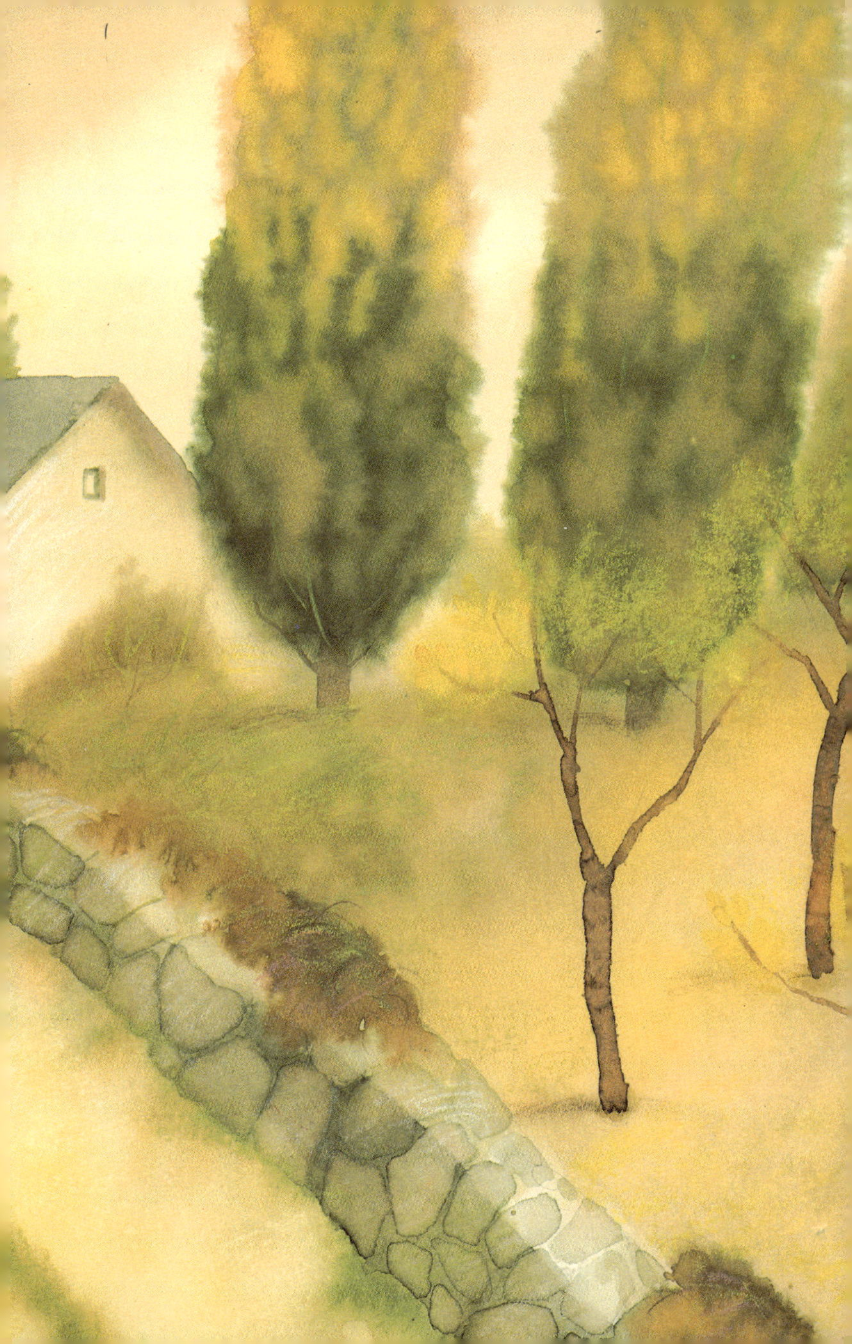

L'après-midi, Chloé va chez sa marraine
qui lui dit aussitôt :
– Déchausse-toi, mon ange,
et enfile ces chaussons de danse,
ces chaussons satinés, archi-satinés.
Ah, quelle gracieuse petite fille tu es !

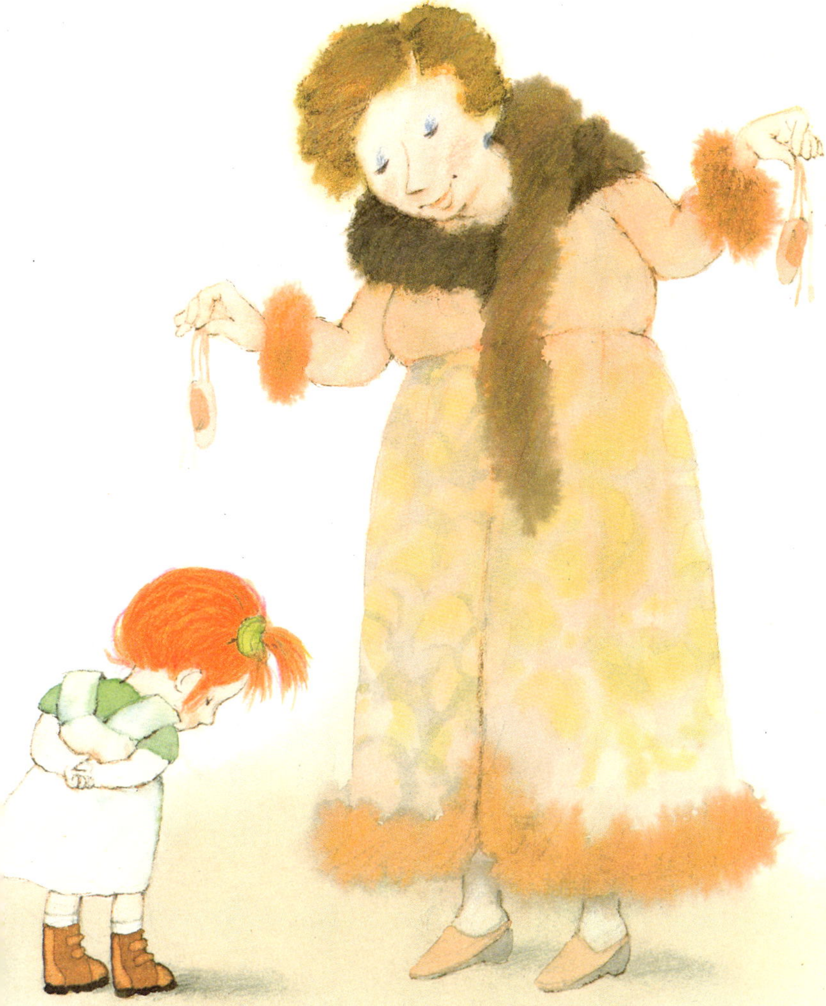

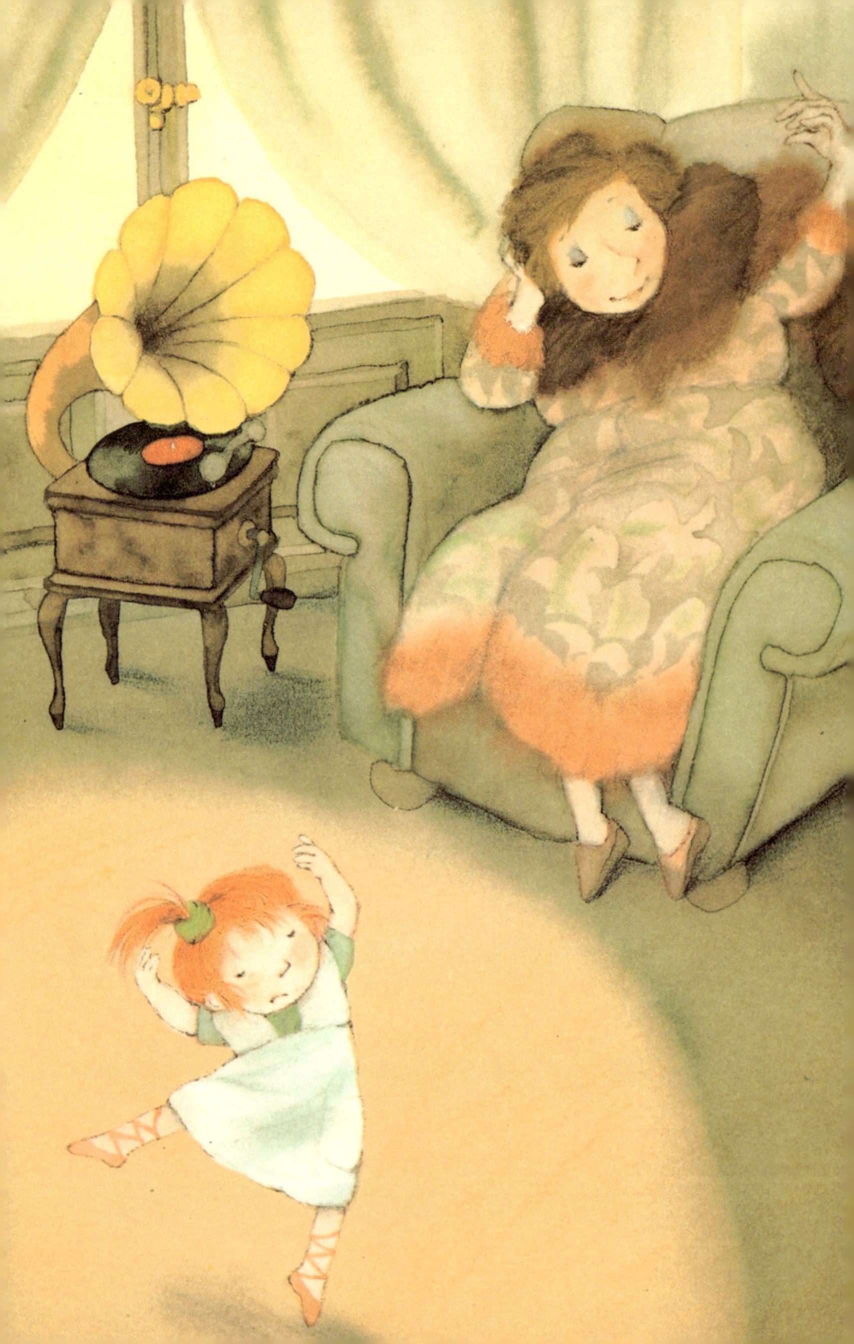

Pour faire plaisir à sa marraine
Chloé se met sur la pointe des pieds,
elle arrondit les bras, elle penche la tête,
elle lève une jambe et…
elle tombe par terre!

Elle pense tristement :
« Non et non,
je ne suis pas gracieuse
et je déteste ces chaussons de cinéma. »
Mais sa marraine lui dit :
– Allons, ne fais pas cette tête-là !
Tiens, je te donne deux jolies barrettes
pour attacher tes cheveux.
Chloé n'a pas le temps de remercier.
Son oncle l'emmène
faire une balade en montagne.
Mais il dit :
– D'abord,
mets ces chaussures de montagne,
ces chaussures lacées, archi-lacées.
Ah ! La belle montagnarde que voilà !
Chloé marche,
elle grimpe, elle s'essouffle,
elle se tord les pieds sur les cailloux.

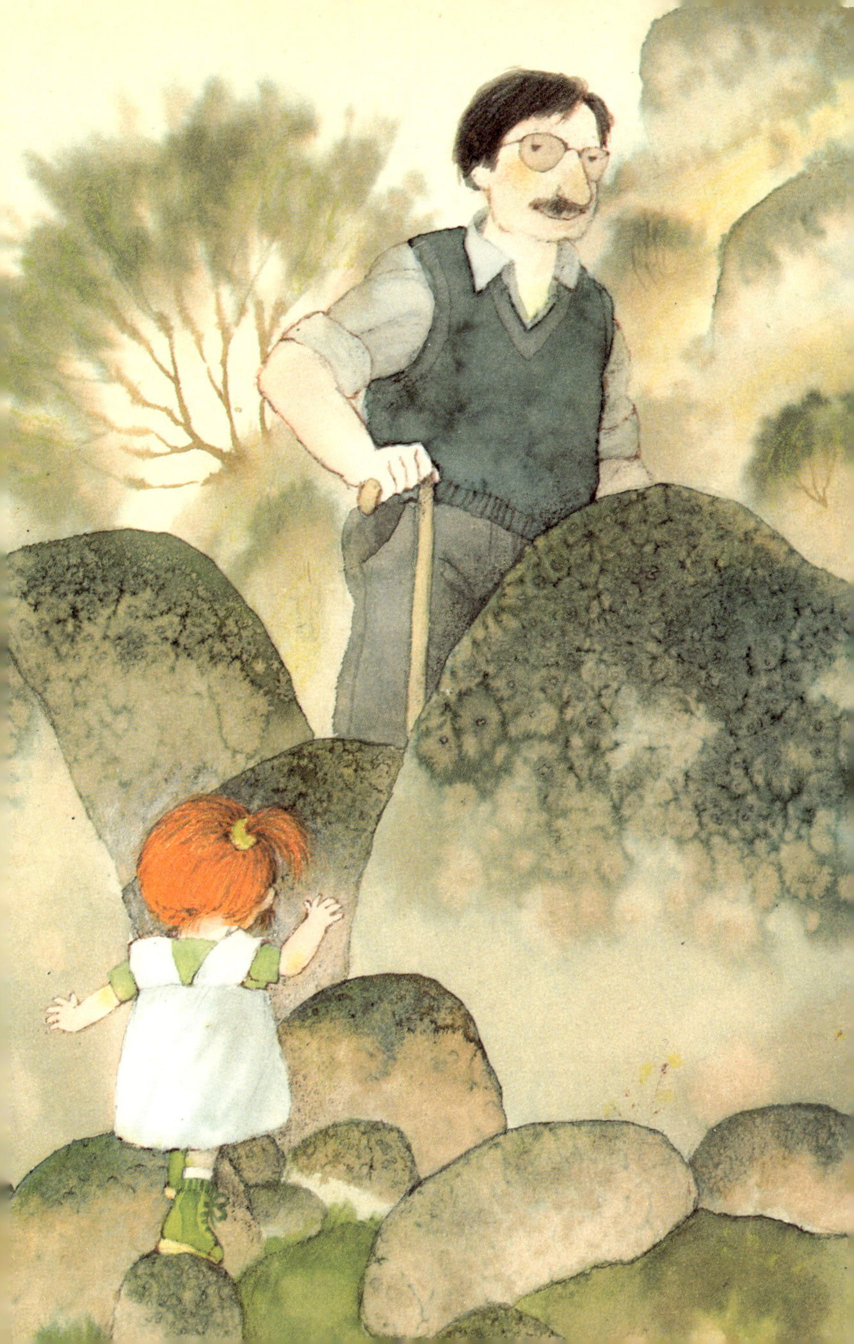

Elle pense tristement :
« Cette montagne me fait peur.
Je suis une mauviette,
ni sage ni soigneuse ni gracieuse.
Je ne suis ni une paysanne
ni une montagnarde
et je déteste ces chaussures d'effort.
Moi, je voudrais des souliers
pour courir et sauter à cloche-pied ! »

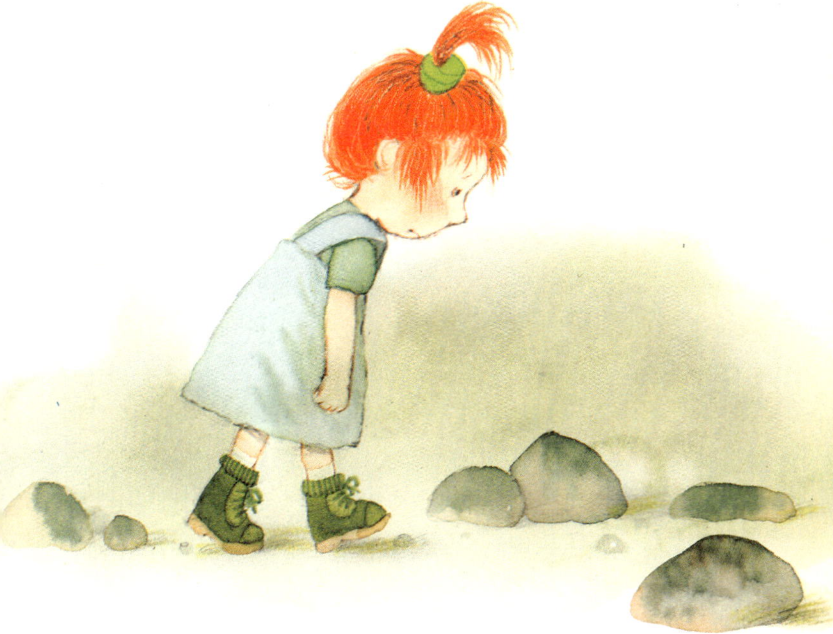

Pour se consoler,
Chloé ramasse de jolies peaux de lézard
abandonnées sur une pierre.
Et cela lui donne une bonne idée.

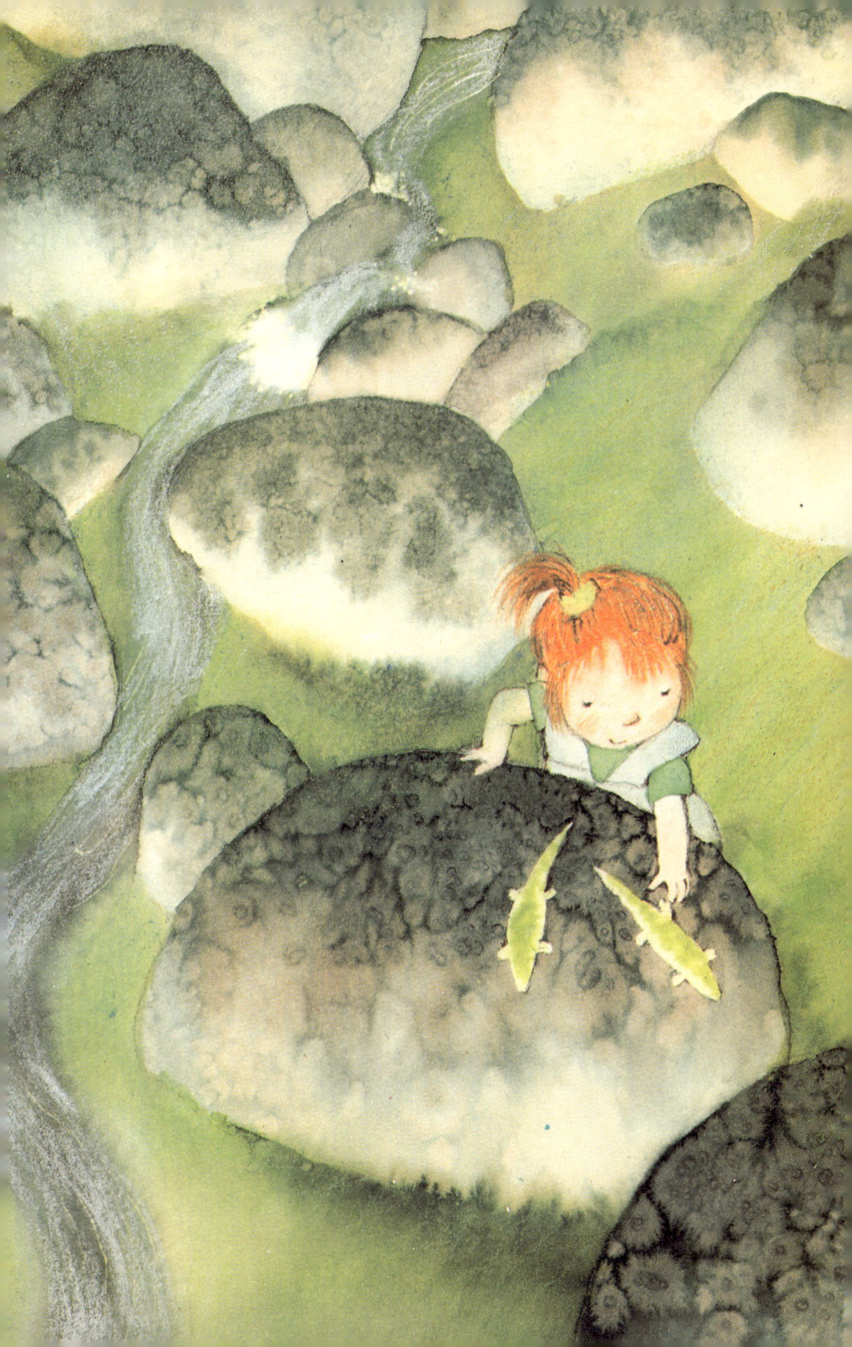

Quand elle redescend au village,
elle s'arrête à la boutique
du cordonnier.

Elle vide le contenu
de ses poches
sur la table.

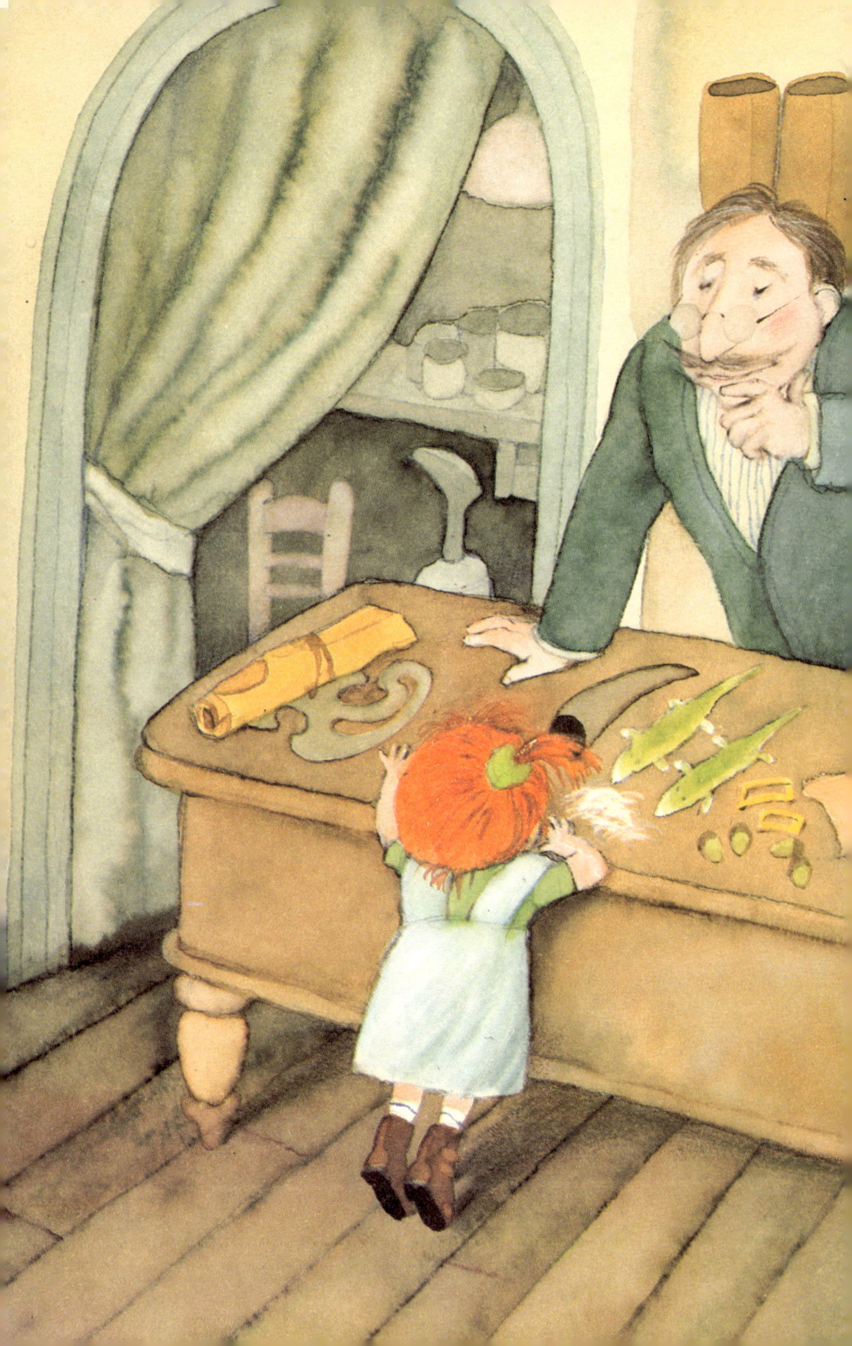

Il y a quatre glands,
deux poils de moustache
de souris,
une poignée de poils de chat,
une corne de vache,
deux barrettes dorées
et deux peaux de lézard.
Chloé demande :
– Avec tout ce qui est là,
Monsieur,
est-ce que vous sauriez
me faire des souliers ?
Le cordonnier
réfléchit.
Il dit :
– Hum,
avec ce qui est là,
je peux seulement
faire des souliers
pour courir
et sauter
à cloche-pied.
Reviens demain,
ils seront prêts.

Et le lendemain,
Chloé découvre chez le cordonnier
les plus légers souliers
qu'on puisse imaginer :
ils sont en lézard vert,
doublés de poils de chat,
avec une semelle en corne de vache,
des lacets en moustache de souris
et, dessus, pour faire joli,
il y a deux glands verts
retenus avec des barrettes dorées.
Chloé enfile ses nouveaux souliers
et elle rentre chez elle en chantant :
– Moi, j'ai des bottes ferrées,
des pantoufles fourrées,
des patins molletonnés,
des sabots paillés,
des chaussons satinés,
des chaussures lacées.
Moi, j'ai aussi
des souliers solides et légers,
des souliers pour courir
et sauter à cloche-pied !

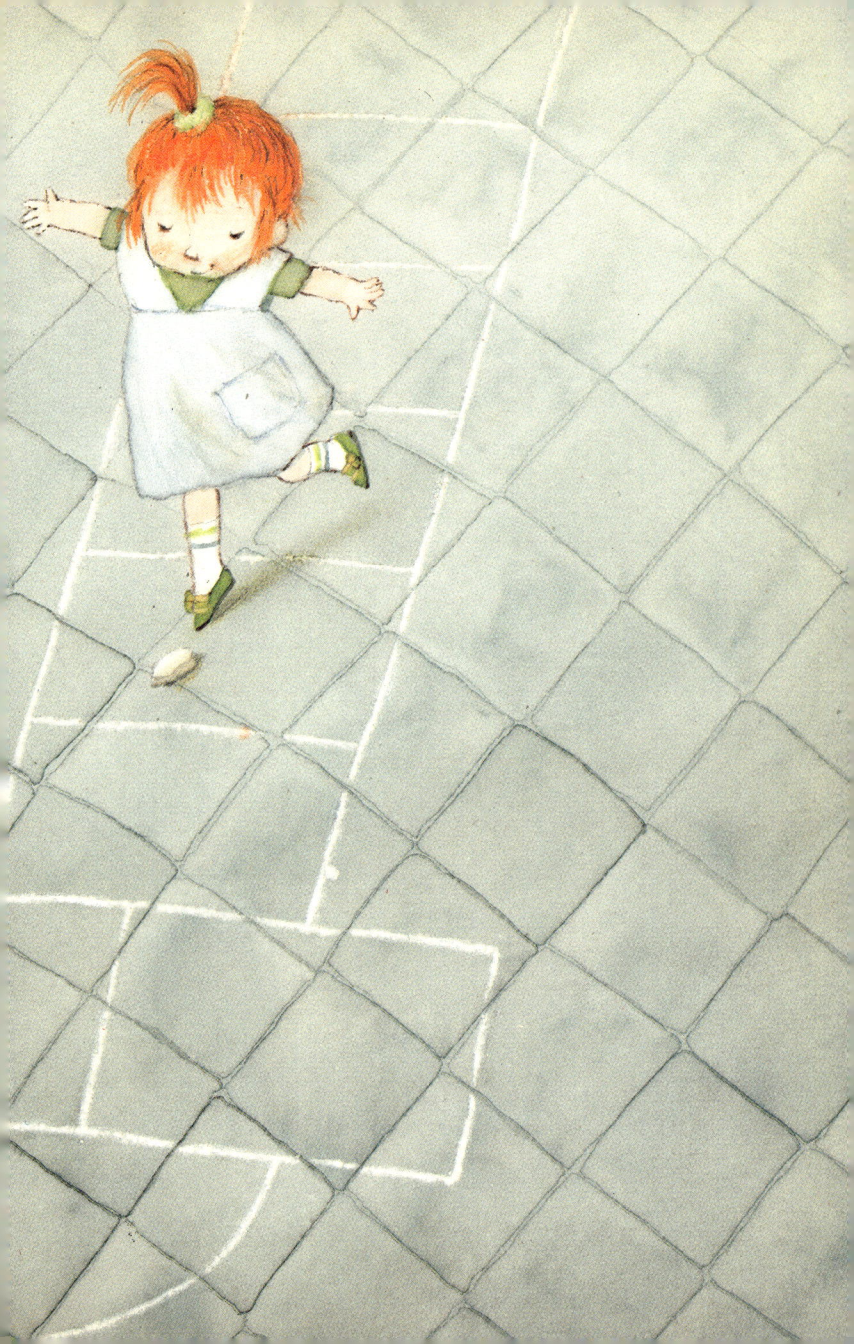

LES MOTS DE L'HISTOIRE

1. On saute **à cloche-pied** en sautant sur un pied et en tenant l'autre en l'air.

2. Les souliers **ferrés** ont une semelle garnie de fers pour les rendre plus solides.

3. Quelqu'un qui a toujours peur de se fatiguer, de se mouiller, de se salir, on dit que c'est une **mauviette.**

4. Un manteau, des chaussons, peuvent être **fourrés,** c'est-à-dire garnis à l'intérieur de fourrure ou d'un tissu très doux pour tenir chaud. Un gâteau peu être fourré de crème.

5. Un tissu ou un vêtement est **molletonné** quand il est doublé de molleton qui est un tissu épais, doux et chaud.

Les belles histoires, de Bayard Poche, c'est une série de livres pour rire, s'émouvoir et rêver.

Des livres d'humour
Les mots de Zaza (BH 25)
Zaza est une souris rigolote qui collectionne... les mots. Les petits, les moyens, mais aussi les gros... Ceux qui font scandale et froid dans le dos !
Écrit par Jacqueline Cohen et illustré par Bernadette Després

Des livres sur la vie, ses joies, ses peines
Poulou et Sébastien (BH 17)
Ils sont si différents qu'ils n'auraient jamais dû se rencontrer. Mais l'amitié, ça peut être aussi un coup de foudre !
Écrit par René Escudié et illustré par Ulises Wensell.

Des livres où les animaux sont les héros
Mic la souris (BH 5)
Trouver une maison de souris, ce n'est pas facile quand le soulier et le cartable ont déjà des locataires
Écrit par Anne-Marie Chapouton et illustré par Thierry Courtin

Et aussi des contes, des histoires fantastiques, du frisson...

Tous les mois, la lecture plaisir avec le magazine de ton choix

Les Belles Histoires
Dès 3 ans.
*Une **belle histoire** qui arrive tous les mois, c'est une chance de plus de partir chaque soir dans de nouvelles aventures extraordinaires. Avec en supplément des jeux, des chansons et les héros espiègles : Charlotte et Henri.*

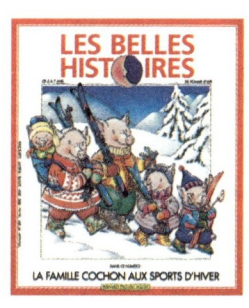

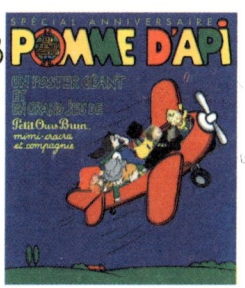

Pomme d'Api
Dès 3 ans.
*Avec Petit Ours Brun, Mimi Cracra et compagnie, envole-toi à la découverte du monde ! Il n'y a pas mieux que les histoires, les jeux et les surprises de **Pomme d'Api** pour rire, s'amuser, inventer.*

Youpi
Dès 4 ans.
De la maternelle au CE1.
*Est-ce le vent qui fait avancer les avions ? Pourquoi il pleut ? Pour tout savoir sur l'histoire, les animaux, les sciences et la nature, retrouve tous les mois **Youpi** le petit curieux.*

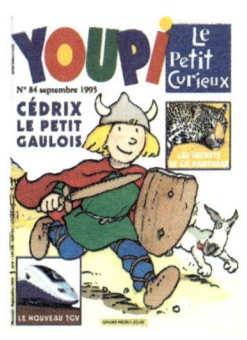

Si tu veux recevoir un magazine en cadeau ou t'abonner, tél. : 01 44 21 60 00

Achevé d'imprimer en Janvier 1999 par OBERTHUR Graphique
35000 RENNES - N° 1974
Dépôt légal : Mars 1994 - N° Editeur : 4366
Imprimé en France